엄마라는 공장
여자라는 감옥

엄마라는 공장 여자라는 감옥

A factory by the name 'Mother'
A prison by the name 'Woman'

ⓒ박후기 2016

초판 1쇄 발행 2016년 4월 24일

지은이 박후기

펴낸곳 도서출판 가쎄 [제 302-2005-00062호]

주소 서울 용산구 이촌로319 31-1105
전화 070. 7553. 1783 / 팩스 02. 749. 6911
인쇄 정민문화사
ISBN 987-89-93489-54-5
값 9,000 원

www.gasse.co.kr
e_mail berlin@gasse.co.kr

이 시집은 (주)마이마스터즈가 기획하고 주관한 〈여자, 엄마〉 프로젝트의 일환으로 출간
되었습니다.
www.MyMasters.net

엄마라는 공장
여자라는 감옥

A factory by the name 'Mother'
A prison by the name 'Woman'

박후기 시집

gasse • 가쎄

시인의 말

엄마와 여자에 관해서 아는 게 없지만, 쓴다.

엄마인 여자, 여자인 엄마에 대해서.

어쩌랴.

내 생명이 비롯된 곳이기도 하고 내가 생명을 얻은

곳이기도 한 것을.

차례

엄마라는 공장

생이

문 닫는 날까지……

엄마라는 공장은

쉬지 않고 돌아갑니다

여자라는 감옥

여자는 일생 동안 탈옥을 꿈꾸고
엄마는 일생 동안 출소를 꿈꾼다

도망칠 수밖에 없는 생이란 걸 알기에
여자는 탈옥을 꿈꾸고,
도망칠 수 없는 생이란 걸 알기에
엄마는 출소만 기다린다

엄마라는 섬

무언가를 참고 있는
엄마를 보면
고요한 섬 같았다

다시 바다로 불려 나가는 파도처럼,
엄마 앞에서만 요란한 아버지는
집만 나서면 잔잔해졌다

어머니, 당신만이

기쁨도 내 편이 아니고
슬픔마저 내 편이 아닐 때가 있습니다

어머니,
오직 당신만이 내 편일 때가 있습니다

엄마와 열무김치

엄마 열무김치 드시다
부실한 어금니 사이 질긴 열무 잎이 끼어
삼키지도 뱉지도 못하다 결국
토하며 괴로워하던 일 떠올라
나는 열무김치를 잘 먹지 않는다

그날 이후
삼킬 수도 없고 뱉을 수도 없는 게
삶이란 걸 알게 되었다

엄마와 봄비

봄비가 내렸다
개울가 얼음이 녹고 있었다

아직은 차가운 돌에 들러붙은 얼음,
며칠은 더 버틸 줄 알았다

그날이 마지막이었다
살아있는 엄마 얼굴을 본 게

엄마와 쌀독

우리 집 쌀독은
세상에서 가장 얕은 곳
쌀 채운 지 얼마나 지났다고
벌써 바닥이 보이네

우리 집 쌀독은
세상에서 가장 깊은 곳
아무리 쌀이 떨어져도
그 사실 엄마밖에 모른다네

엄마와 곤란

엄마가 나를 낳을 때의 고통을
나는 모른다
나를 낳은 후의 기쁨도
나는 모른다

아픈 나를 바라보던
엄마의 고통을 나는 모른다
내가 퇴원해 다시 걸을 수 있게 되었을 때
울다가 웃던 엄마의 기쁨을 나는 모른다

나는 언제나
엄마의 고통이거나 기쁨이었으나,
시간이 흘러
엄마가 중환자실에 입원했을 때

나는 그것을

아주 곤란한 일이라고만 생각했다

엄마라는 기계

엄마는 수많은
작은 부품들로 이루어져 있다
나사가 몇 개 빠져도 문제없이 돌아간다

엄마 몸속에서 가끔
빠진 나사 굴러다니는 소리가 들리지만
엄마만 그 소릴 듣지 못한다

어느 날 갑자기
잘 돌아가던 엄마가 멈추고,
병원엘 가서 엄마를 뜯어보면
이미 주요 부품이 망가진 뒤다

여자와 종신보험

여자는 결혼이라는 종신보험에 가입했고,
거친 세상 앞에 무릎 꿇고 일하며
꼬박꼬박 보험료를 납입했다

여자는 어느 날
인생에 속았다는 생각이 들었다
물론,
인생 약관을 숙독하지 못한 탓도 있었다

여자는 보험을 해지하고 싶었다
하지만 지금까지 납입한 원금 생각에
이러지도 저러지도 못한 채
살아갈 수밖에 없었다

엄마라는 별

엄마는 화가 날 때마다
문을 열고 밖으로 나갔지만
대문에 등을 기댄 체
한참을 서 있다가 다시
어두운 집안으로 들어오곤 했다

얼마나 많은 별들이
새벽 문 앞에서 눈물처럼 반짝이다
생을 마치는지……

엄마와 기도

나중에 들은 이야기이지만,
엄마는 오직 한 가지만을 생각하며
기도했다고 한다

아주 가끔이었지만
나는 기도를 할 때마다
세 가지 이상을 떠올렸다

엄마의 기도는 이루어지지 않았고
나의 기도는 그중 한 개가 맞았다

엄마의 기도는 각서 같은 것이었고
나의 기도는 품의서 같은 것이었다

모녀지간

엄마와 딸은
숲 속의 나무와 같다

언제나 마주보고 있지만
거센 바람이 부는 날을 빼면
언제나 껴안고 있는 건
아니기 때문이다

엄마와 아들

아들아,

엄마는 돈을 벌 줄 모른단다

그래도 너만 생각하면 언제나 부자였지

엄마,

나는 지독하게 돈만 벌었어요

하지만 언제나 엄마 앞에서만 가난했어요

엄마와 결혼과 무덤

결혼이 무덤이라면
세상은 공동묘지와
다름없을 것이다

하지만
자식 때문에 참고 견디는
엄마들이 있기에
세상이 공동묘지로 바뀌는 일은
없을 것이다

엄마의 예언

너도 이 다음에 시집가서

자식 낳아 길러보면

내 마음 알게 될 거다

딸들에 대한

엄마의 예언은 언제나 적중했다

엄마라는 순수

엄마는 남편을 잃었고
딸은 아버지를 잃었다

엄마는 재혼하지 않았고,
결혼을 앞둔 딸은
엄마의 재혼을 원했다

가끔은
엄마가 딸보다 더
순수할 때가 있다

엄마와 라면

엄마는
밀가루 음식을 좋아하지 않지만
나와 함께라면
라면도 맛있게 드신다

너와 함께라면
하루 종일
밀가루 음식만 먹어도 행복하다고
엄마는 말씀하신다

눈물의 고향

엄마는
눈물의 고향이다

집 떠난 모든 딸이
집으로 돌아가 한 번쯤
엄마 품에 안겨 실컷
울고 싶을 때가 있기 때문이다

엄마라는 계단

자식들이 엄마를 밟고 올라갔다

계단 모서리가 뭉툭하게 닳았다

엄마 치마가 자꾸 피곤한 계단처럼 흘러내렸다

엄마라는 서랍

엄마는 텅 빈 서랍이었다

식구들에게 압류당한 세월을
고스란히 서랍에 넣어 두었으나,
어느 날부터인가
식구들은 서랍을 사용하지 않았다

나중에는
서랍 안에 무엇을 두었는지
서랍이 있었는지조차 잊어버렸다

엄마와 치매

어린 딸은 자꾸 엄마에게
여기가 어디냐고 물었다
엄마는 대답 대신 웃기만 했다

.

.

.

.

.

.

치매 걸린 엄마는 자꾸 딸에게
여기가 어디냐고 물었다
딸은 대답 대신 울기만 했다

바람 부는 날

어릴 때
학교에 엄마가 찾아오면 창피했다
나는 잘못한 게 없는데도
엄마가 불려 왔다는 생각이 들었다

바람 부는 날 가끔
자동차에 엄마 태우고
먼 데 아버지 무덤 찾아갈 때마다
엄마가 정말 좋아했다

엄마한테 잘못한 게 너무 많아서
아버지 볼 면목은 없지만,
그래도 아버지에게 불려오길
잘했다는 생각이 들곤 했다

여자가 태어날 때

딸이 철들 때
엄마는 평생 친구가 생기고,
비로소
한 여자가 태어난다

엄마와 편지

먼 곳의 딸에게

엄마는 천천히 편지를 쓴다

하고 싶은 말을 아무리 적으려 해도

보고 싶다는 말만 떠오르기 때문이다

먼 곳의 엄마에게

딸은 천천히 답장을 쓴다

하고 싶은 말을 아무리 적으려 해도

힘들고 바쁘다는 말만 떠오르기 때문이다

엄마와 버스터미널

엄마는 언제나
출발 한 시간 전부터
버스를 기다리고

딸들은 언제나
도착 시간에 맞춰서
엄마를 기다린다

그러므로
버스가 늦을 때가 있더라도
엄마가 늦은 것은 아니다

밥 먹었느냐는 그 말

엄마는 자꾸만 반복해서
밥 먹었느냐는 말을 묻곤 한다

그것은 치매가 엄마에게 시킨 것이므로
사실, 엄마로서는 매번
처음으로 내게 묻는 말인 것이다

생각해보니, 매 끼니 또한
내가 태어나 처음으로 먹는 밥이다
한 번 거르면 두 번 다시
찾아 먹을 수 없는,
인생과 다를 바 없는 게 밥이다

엄마는 응답하지 않는다

어디 아픈 데는 없느냐고,
뭐 먹고 싶은 건 없느냐고,
용돈이 더 필요하진 않느냐고

자식들은 엄마에게
묻기만 한다

다시 시작하는 여자에게

어떻게 살아왔는가보다는
어떻게 사랑할 것인가에 대해
생각을 집중해야 해요

엄마의 애인

속옷을 선물 받은

딸의 자랑 앞에서

엄마는 서글퍼진다

한때

엄마도 누군가의 애인이었으리라

여자와 행운

꽃가게마다 꽃들이
꼿꼿하게 꽂혀 있다

꽃을 뽑는 손길은
비교적 정확하다

모두 나의 일이 되길 바라고 있지만
행운이 모두에게 일어나는 것은 아니다

엄마의 깊이

엄마의 몸은 깊다
너무 깊어서 간혹
엄마의 사랑에 빠진 사람들은
벗어나려고 몸부림을 치기도 한다
아버지와 딸들이 그렇다
대개
딸들만 다시 돌아온다

엄마라는 바다

엄마는 언제나 충만하지만
또 언제나 넉넉하게 비어 있다

엄마의 얼굴은 가끔 출렁이기도 하지만
마음속 잔잔함까지 잃지는 않는다

엄마는 언제나
수평선처럼 똑바르게 살라고 가르친다

수평선 끝이 살짝 기울어져 있다는 것을
엄마만 모른다

엄마와 의자

인디언들은 의자에 앉지 않았다
생명을 받은 땅으로부터
몸이 멀어지면 안 된다는 생각 때문이었다

엄마도 인디언처럼
의자에 앉는 것을 좋아하지 않았지만,
자식들은 의자에 앉아 살기를 원했다

엄마와 인격

엄마에게도 인격이 있다
사랑, 헌신, 희생, 눈물 이전에
인격이 있다

비굴을 견디는 일은
엄마의 본능이지만,
인격에 대한 모독이기도 하다

엄마의 연애

누가 사랑의 시작을
의심할 수 있을까
사람은 늙어도
사랑은 늙지 않는 것을

너라는 감옥

사랑이란
내가 널 가두는 것이 아니라
내가 너에게 갇히는 것이다

여자와 모자

사랑은 모자와 같아서
몸에 꼭 맞지 않으면
어딘가 모르게 불편하고
또 불안하다

여자의 모자는
여자에 대해 너무 많은 것을 알고 있다

사랑이 있던 자리

사랑이 있던 자리에
어느 날부턴가
돈과 아파트와 자동차가
대신하기 시작했으므로,
우리의 사랑은 울면서
추억 속으로
쫓겨나 버렸다

사랑의 기술

살아있는 동안은 사랑할 것

사랑하여 끌어안으며
서로의 등을 어루만질 것

그리하여
사랑하는 이의 등 뒤에 감춰진
상처의 눈을 천천히 감겨줄 것

엄마와 여자에 관한 아포리즘 1

엄마는 여자라는 사실을

증명하며 살아가고

여자는 엄마라는 현실을

인정하며 살아간다

엄마와 여자에 관한 아포리즘 2

엄마는

딸을 기다리다가

죽고

딸들은

엄마에게 돌아가다가

늙는다

엄마와 여자에 관한 아포리즘 3

꽃은 제 그림자를
밟고 일어선다

여자는 만들어지고
엄마는 문드러진다

엄마와 여자에 관한 아포리즘 4

여자의 남자는 찾아오고

엄마의 남자는 떠나간다

엄마와 여자에 관한 아포리즘 5

엄마는

엄마라는 이름 그 자체가 아프고

여자는

여자라는 그 이름만으로 아파한다

엄마와 여자에 관한 아포리즘 6

엄마는

나이를 묻고(bury)

여자는

나이를 묻는다(ask)

엄마와 여자에 관한 아포리즘 7

엄마는

대체로 끈질기고

딸들은

대체로 과감하다

엄마와 여자에 관한 아포리즘 8

여자는 사랑하고

엄마는 자랑한다

엄마와 여자에 관한 아포리즘 9

엄마는

늙어도 엄마이고

딸은

늙어도 딸이다

엄마와 여자에 관한 아포리즘 10

엄마는

쉴 새 없이 걱정하고

딸은

쉬는 동안 걱정한다

엄마와 여자에 관한 아포리즘 11

엄마는

답을 구하며 살아가고

딸은

문제를 만들며 살아간다

엄마와 여자에 관한 아포리즘 12

엄마는 나중에

딸과 살고 싶다 생각하고

여자는 나중에

혼자 살고 싶다 생각한다

엄마와 여자에 관한 아포리즘 13

엄마의 심장은

돌과 얼음이고

여자의 심장은

구름과 소나기이다

엄마와 여자에 관한 아포리즘 14

엄마는

혼자되었을 때 강하고

여자는

혼자였을 때 강하다

엄마와 여자에 관한 아포리즘 15

엄마는

폐허 이후에 일어서고

여자는

폐허 이후에 떠나간다

엄마와 여자에 관한 아포리즘 16

엄마는

첫사랑을 보관하고

여자는

첫사랑을 간직한다

엄마와 여자에 관한 아포리즘 17

엄마가 찾아갈
주소는 자식이고
여자가 찾아갈
주소는 사랑이다

엄마와 여자에 관한 아포리즘 18

엄마가 여자로 산다는 건

사라지는 빛을 간직하려는 일이고

여자가 엄마로 산다는 건

빛이 없어도 살아지는 것이다

엄마와 여자에 관한 아포리즘 19

엄마는

터널을 굴이라 생각하고

딸들은

터널을 길이라 생각한다

엄마와 여자에 관한 아포리즘 20

엄마는

거울을 보면 한 걸음 다가서고

딸들은

거울을 보면 한 걸음 물러선다

엄마와 여자에 관한 아포리즘 21

여자이기 때문에

엄마는 입술에 칠하고

엄마이기 때문에

여자는 입술을 깨문다

엄마와 여자에 관한 아포리즘 22

딸들은 투정하고

여자는 투쟁하며

엄마는 투항한다

엄마와 여자에 관한 아포리즘 23

엄마는

딸의 미래를 만들고

딸은

엄마의 과거를 겪는다

엄마와 여자에 관한 아포리즘 24

엄마는

밥을 따르고

여자는

법을 따른다

엄마와 여자에 관한 아포리즘 25

엄마는

그늘이 여백이고

여자는

그늘이 고백이다

엄마와 여자에 관한 아포리즘 26

엄마도 여자라는 사실을

딸만 모른다

딸도 여자라는 사실을

엄마만 모른다

엄마와 여자에 관한 아포리즘 27

엄마는

저녁에 고단하고

여자는

아침에 고독하다

엄마와 여자에 관한 아포리즘 28

누군가는

죽도록 결혼을 하길 원하고

또 다른 누군가는

죽도록 이혼하고 싶어 한다

엄마와 여자에 관한 아포리즘 29

남자들의 우정은

함께 뛰는 것으로부터 시작하고

여자들의 우정은

함께 걷는 것으로부터 시작된다

엄마와 여자에 관한 아포리즘 30

혼자 있을 때,

엄마는 비로소

여자라는 사실을 기억해낸다

혼자 있을 때,

남자는 비로소

여자를 생각하게 된다

목련 문병

이른 봄 겨우 눈뜬 목련의
눈꺼풀이 퉁퉁 부어올랐습니다
겨울의 마취에서 깨어난
사월도 여기저기 부르트며
부어올랐습니다

엄마가 부탁해 꺾어온
목련의 입에서 비릿한
약 냄새가 조금 납니다
엄마 몸에서도 짙은
항암제 냄새가 납니다

수액(樹液) 끊긴 목련의 잎이
한 꺼풀 벗겨질 때마다

지친 엄마 얼굴도
한 꺼풀 벗겨집니다
나는 가면이 쓰고 싶어져
두 손 들어 얼굴을 가립니다

문병이 끝나기도 전에
엄마는 깊은 잠에 빠지고,
목련의 표정도
점점 어두워집니다

사월의 병실은
혈관을 찾아가는 한 방울
수액(輸液)의 집요함으로
가득 차 있습니다

암병동 목련 그늘에 앉은
나는 가면을 벗어 슬그머니

바닥에 내려놓습니다

헝클어진 바람이

어깨를 툭툭 두드려도

뒤돌아보지 않습니다

작가 발문

엄마와 여자에게 바치는 유레카的 발상들

길게 쓰지 않으면 시가 좀 부족한 듯한 느낌을 받는 분위기가 있는 게 사실이다. 시를 통해 어떤 보상을 먼저 생각하다 보니 당연히 산문과의 균형을 신경 쓰지 않을 수 없었을 것이다. 시인 역시 대개 그러한 환경에 자발적으로 복무하는 것은 물론이려니와, 시를 양적인 기준으로 평가하는데 주저하지 않는 출판사와 문학상 심사위원들조차 시의 질도 중요하지만 볼륨감을 우선적으로 고려할 수밖에 없었다는 식의 촌평을 내놓곤 한다.

평론가들은 긴 시를 읽으며 마치 시인의 고뇌가 그만큼 길어진 것인 양 의미를 부여하고, 시인들은 무언가를 부단히 설명하기 위해 길게 써 내려간다. 결국 친절한 설명으로 여백을 덮어버리지만 여백만 한 설명을 시 말고 또 어디에서 찾을 수 있을 것인가.

짧은 시는 정말 쉽게 쓰인 것일까? 길게 쓰인 시는 정말 시가 지녀야 할 모든 가치를 담아내고 있는 것일까? 하지만 길고 짧은 것이 시를 평가하는 절대적인 기준이 될 수는 없다. 그것은 이름이 길고 짧은 것을 두고 어느 쪽이 더 아름다운가를 판단하는 것과 다르지 않다.

이름 이야기가 나왔으니 하는 말인데, 인간은 죽으면 이름만 남겨진다. 살아생전의 그 많은 수사와 관록들은 죽은 후 대개 몇 줌의 뼈와 이름만으로 남겨질 뿐이다. 혹은, 시인의 경우 단 한 줄의 시로 기억되기도 한다. 시란, 불 속에서 그 모든 장식적 수사가 제거된 후에 남게 되는 몇 줄 감정의 척추 같은 것이다.

출간 제의를 받고, 시집의 두께를 염려하지 않은

것은 아니나 시가 원래 함축적인 것인데 시집이 두꺼울 필요는 없겠다는 생각을 했다. 물론, 내용이 지닌 무게에 관해서는 고민을 좀 했다. 짧게 쓰되 너무 가볍지 않고, 무게를 고민하되 어렵지 않게 써야겠다는 원칙을 정해두기는 했다.

이 또한 이율배반적이긴 했지만, 우리가 삶 속에서 어느 날 문득 자신의 존재를 깨닫듯이 평이함 속에서 발견되는 유레카적인 발상이야말로 가장 시적인 모습은 아닐까, 하는 생각이 들었다.

엄마와 여자, 엄마라는 여자를 시로 드러내는데 있어 그다지 긴 말은 필요하지 않았다. 엄마와 여자는 말로 제대로 표현할 수 없는 존재이면서도 또한 그 어느 누구보다 복잡한 감정을 일으키는 대상들이다. 아무리 똑똑한 사람일지라도 엄마 앞에서는 그저 철없는 자식일 뿐이다. 어려운 말 걷어치우고 그냥 엄마와 대화를 나누듯이, 평소

하던 대로 엄마를 생각하며 시를 썼다. 그뿐이었다.

주로 관찰자의 관점에서 시를 썼으나, 그 안에도 엄마와 함께했던 수많은 시간이 녹아 있다는 걸 안다. 굳이 바닥에 가라앉은 앙금까지 휘저어 끄집어낼 필요는 없었지만, 개인적 체험의 극단에 닿아 있는 '엄마라는 여자'를 통해 보편적인 삶이 지닌 이중성을 드러내고 싶었다. 그리고 정지된 순간을 보여주면서 그 안에 갇힌 모든 시간을 말해주는 인화지처럼, 되돌릴 수 없는 시간이 한 편의 시 속에서 그대로 이미지로 멈추어 서 있게 했다.

이제와 생각해보건대, 나는 철들 때까지 엄마도 여자라는 사실을 제대로 인지하지 못했던 것 같다. 엄마는 가족을 위해 당연히 희생을 감내해야 한다는 묵계적인 강요 뒤에는 '엄마도 여자'라는 사실이 내팽개쳐져 있다는 것을 뒤늦게 알았다.

아마도 그것은 같은 여자인 딸의 입장에서 생각해봐도 크게 다르진 않을 것이다.

나는 어떤 문제를 해결하고자 시를 쓰는 건 아니다. 이미 지나간 삶, 거기엔 더 이상 해결할 그 무엇도 남아 있지 않은 경우가 대부분이다. 한 여자의 삶이 거기 엄마라는 운명 앞에 놓여 있었듯이, 시 또한 여기 내 앞에 그저 놓여 있을 뿐이다.

우리 모두의 엄마, 모든 엄마라는 여자, 힘든 세상을 살아가는 혹은 살아지고 사라지는 그 모든 여자들에게 이 시집을 바친다.

– 2016년 봄, 박후기